1
áine agus maoluachra

Nuair a rugadh Fionn mac Cumhaill, shocraigh a mháthair, Muireann, an t-ainm Fionn a chur air, mar go raibh gruaig fhionn air. Lá amháin, blianta ina dhiaidh sin, tháinig dath liath go tobann ar a chuid gruaige agus é fós ina fhear óg go leor. Seo mar a tharla sé.

Ba bhreá le Fionn bheith ag taisteal na tíre, ag marcaíocht ar a chapall. Bhí capall an-mhaith aige, agus dhá mhadra an-chliste. Bran agus Sceolán ab ainm don dá mhadra.

Lá amháin bhí Fionn agus na Fianna amuigh ag seilg nuair a thug sé faoi deara go raibh rud éigin ag cur isteach ar a chapall. 'Stopaigí!' a dúirt sé.

Léim Fionn anuas dá chapall. Chonaic sé go raibh sé bacach. Bhreathnaigh sé ar chrúb an chapaill.

'Céard atá air?' arsa Caoilte mac Rónáin, cara Fhinn.

'Tá crú caillte aige,' arsa Fionn. 'Sin an fáth a bhfuil sé bacach.'

'Tá gabha ina chónaí ar an taobh thall den chnoc sin,' arsa Caoilte.

'Beidh seisean in ann crú a chur ar do chapall.'

'Seo linn mar sin,' arsa Fionn.

Ar aghaidh leis na Fianna chuig teach an ghabha. Bhí seisean an-sásta na Fianna a fheiceáil. 'Tá fáilte romhaibh chuig mo theach,' a dúirt sé. 'Suígí síos ansin agus glacaigí sos. Ní thógfaidh sé i bhfad ormsa crú a chur ar an gcapall.'

Anonn chuig doras an tí leis an ngabha.

'A Áine! A Mhaoluachra!' a ghlaoigh sé. 'Tá cuairteoirí againn! Faighigí deochanna dóibh.'

Amach as an teach le beirt chailíní.

Thart ar an aois chéanna le Fionn a bhí na cailíní. Áine ab ainm don chéad duine. Bhí gruaig fhionn uirthi agus súile móra donna. Bhí sí an-dathúil.

'Tá fáilte romhaibh anseo,' ar sise leis na Fianna. 'Anois, an mbeidh deoch ag éinne agaibh?'

'Beidh!' arsa na Fianna go léir le chéile. Bhí siad ar fad an-tógtha leis an gcailín dathúil. Lig Áine gáire aisti. Bhí fiacla bána aici. 'Is álainn an cailín í sin,' arsa Fionn leis féin.

'Éinne eile?' arsa Maoluachra, an cailín eile. Bhí súile móra ag Maoluachra chomh maith, ach bhí ceann amháin acu cam — claonsúil a bhí inti. Bhí fiacla bána aici, ach fiacla móra starracha a bhí iontu, agus iad ag gobadh amach as a béal. Níor thug éinne freagra ar Mhaoluachra.

Bhí trua ag Fionn di. 'An cailín bocht,' ar seisean leis féin. 'Níl éinne ag breathnú uirthi siúd.'

'Beidh deoch agamsa,' arsa Fionn le Maoluachra.

Bhí Maoluachra an-sásta gur labhair Fionn léi. 'Is álainn an fear é sin,' ar sise léi féin. 'Tá sé an-dathúil, ach labhair sé liom! Ní labhraíonn fear ar bith liomsa de ghnáth.'

Bhí Áine an-tógtha le Fionn chomh maith. 'Is álainn an fear é Fionn,' a dúirt sí léi féin. 'Ach cén fáth a bhfuil sé ag caint le Maoluachra? Níl sise go hálainn. Tá claonsúil inti. Agus tá fiacla móra starracha aici.'

Ba ghearr go raibh crú curtha ar an gcapall ag an ngabha. Bhí Fionn agus na Fianna réidh le himeacht. 'Caithfidh tú teacht ar cuairt arís,' arsa Áine le Fionn. 'Tá loch álainn ar an taobh thall den chnoc sin. Téim ag snámh ann go minic. An maith leat snámh?'

'Is breá liom é,' arsa Fionn. 'Beidh mé anseo arís i gceann seacht lá. Ar mhaith leat dul ag snámh an uair sin?'

'Ó ba bhreá liom é,' arsa Áine. 'Ba bhreá liom é, cinnte!'.

'B'fhéidir gur mhaith le Maoluachra

teacht chomh maith?' arsa Fionn. 'Ó níor mhaith,' arsa Áine go tapa, sula dtiocfadh Maoluachra amach as an teach. 'Bíonn faitíos uirthi siúd san uisce!' 'Is mór an trua é sin,' arsa Fionn. 'Ar aon nós, feicfidh mé an tseachtain seo chugainn thú.'

Suas le Fionn ar a chapall agus d'fhág sé slán ag an ngabha. Díreach agus é ar tí imeacht, tháinig Maoluachra amach an doras arís. 'Slán, a Mhaoluachra!' a deir Fionn. 'Feicfidh mé arís thú!' Las éadan Mhaoluachra le háthas.

2
Draíocht!

Sheas Maoluachra ag an doras go dtí go raibh Fionn agus na Fianna imithe thar an gcnoc os comhair dhún an ghabha. 'Labhair Fionn liom!' ar sise arís léi féin.

Rinne sí gáire léi féin go sásta. 'Cén gáire é sin agat?' arsa Áine léi. 'Níl tú ag ceapadh gur maith le Fionn tú, an bhfuil?'

'Ó lig dom,' arsa Maoluachra.

'Beidh Fionn ar ais anseo i gceann seacht lá,' arsa Áine. 'Beidh sé ag imeacht ag snámh sa loch liom. Tá mé i ngrá leis, a Mhaoluachra! Agus is maith leis siúd mise! Bhí sé ag breathnú orm an t-am ar fad nuair a bhí sé anseo!'

'Labhair sé liomsa,' arsa Maoluachra. 'B'fhéidir gur maith leis mise chomh maith.' Lig Áine béic gháire aisti. 'Bíodh ciall agat!' ar sise. 'Ní bheadh Fionn mac Cumhaill ag iarraidh cailín le claonsúil agus starrfhiacla móra gránna! Cailín dathúil cosúil liomsa atá uaidh.'

Bhí Maoluachra brónach. Bhí sí tinn tuirseach dá chlaonsúil agus de na fiacla móra starracha. 'Tá an ceart ag Áine,' ar sise léi féin. 'Ní bhíonn fear ar bith ag breathnú ormsa. Titfidh Fionn i ngrá le hÁine agus beidh mise fágtha liom féin!'

Ansin chuimhnigh Maoluachra ar rud éigin. Bhí Áine faoi gheasa draíochta! Ní raibh cead aici fear le gruaig liath a phósadh. Nuair a bhí tú faoi gheasa ní raibh cead agat dul i gcoinne na draíochta sin.

'Anois, níl gruaig liath ar Fhionn,' arsa Maoluachra léi féin. 'Ach dá mbeadh gruaig liath air, ní fhéadfadh Áine é a phósadh. Agus b'fhéidir ansin gur mhaith le Fionn imeacht áit éigin liomsa agus . . . agus cá bhfios?

B'fhéidir go dtitfeadh sé i ngrá liom!'

Lig Maoluachra osna. 'Cén mhaith a bheith ag smaoineamh mar sin?' ar sise léi féin. Níl gruaig liath ar Fhionn agus sin a bhfuil faoi.' Ansin, rith smaoineamh eile le Maoluachra. Smaoineamh iontach! Leath gáire ar a béal.

'Cén gáire atá anois agat?' arsa Áine.

'Ó dada,' arsa Maoluachra. 'Dada!'

An tráthona sin, d'imigh Maoluachra ar cuairt chuig draoi. D'inis sí a scéal dó. D'éist an draoi go cúramach léi. Bhí sé ciúin ar feadh píosa, is é ag smaoineamh faoin scéal.

'Mmmm,' arsa an draoi. 'Tá tú ag iarraidh gruaig liath a chur ar Fhionn mac Cumhaill.' 'Tá,' arsa Maoluachra. 'Ní bheidh sé sin éasca,' arsa an draoi. 'Fan go bhfeicfidh mé.'

Bhreathnaigh an draoi ar a leabhar draíochta.

'Tá brón orm,' ar seisean. 'An t-aon bhealach a d'fhéadfainn gruaig liath a chur ar Fhionn ná a chuid gruaige a fhliuchadh go hiomlán le huisce draíochta. Agus conas a d'fhéadfainn

é sin a dhéanamh i ngan fhios dó? Is
fearr duit dearmad a dhéanamh ar do
phlean, a Mhaoluachra.'

Bhí díomá ar Mhaoluachra. Thuig
sí go raibh an ceart ag an draoi. Fiú
dá bhféadfadh sí dul isteach sa dún

in Almhain agus Fionn ina chodladh,
is cinnte go ndúiseodh an t-uisce
draíochta é dá bhfliuchfadh sí a chuid
gruaige leis. Lig sí osna. Bhí sí ar tí slán
a fhágáil ag an draoi, nuair a tháinig
smaoineamh chuici. 'An loch!' ar sise.
'Beidh Fionn ag imeacht ag snámh sa
loch!' 'Céard atá i gceist agat?' arsa
an draoi. 'Beidh a chuid gruaige fliuch
agus é ag snámh!' arsa Maoluachra.
'Fliuch báite!'

* * *

An oíche sin, d'imigh Maoluachra agus
an draoi chuig an loch. Choinnigh
Maoluachra greim ar an leabhar
draíochta agus léigh an draoi píosa mór
fada draíochta amach as. Stop an draoi.
'Bhuel,' a deir Maoluachra. 'An bhfuil

draíocht ar uisce an locha?'

'Níl mé cinnte,' arsa an draoi, 'b'fhéidir nach raibh an draíocht sin láidir go leor don loch iomlán. De ghnáth, is ag cur draíochta ar chrúiscín nó ar phota uisce a bheinn. B'fhearr dom é a dhéanamh

arís le bheith cinnte go bhfuil draíocht
ar uisce an locha ar fad.'

Chuir sé draíocht ar an loch arís –
draíocht an-láidir an uair seo. Draíocht
an-láidir go deo!

3
an plean a bhí ag maoluachra

Seacht lá ina dhiaidh sin, bhí Fionn
ag fágáil an dúin in Almhain agus
ag imeacht amach na geataí móra ar
a chapall. 'Beidh sé go deas Áine a
fheiceáil,' ar seisean leis féin. 'Is deas
an bheirt iad, Áine agus Maoluachra.'
Bhí sé díreach ar tí imeacht nuair a stop
Caoilte mac Rónáin é.

'Ná déan dearmad go bhfuil Ard-
Rí Éireann ag teacht anseo anocht le
haghaidh féasta,' a dúirt sé. 'Ná bí
buartha,' arsa Fionn. 'Beidh mé ar ais
in am.' 'Cá bhfuil tú ag imeacht ar aon

nós?' arsa Caoilte leis. 'Táim ag imeacht ag snámh le hÁine,' arsa Fionn. 'Úúúú!' arsa Caoilte leis go magúil, 'tá cailín ag Fionn!'

'Ó lig dom,' arsa Fionn agus é ag gáire.

Bhí Áine ina suí ó mhaidin, ag círoadh a cuid gruaige agus ag iarraidh an gúna ceart a phiocadh chun casadh le Fionn. Faoi dheireadh, bhí sí réidh le dul ag snámh. Bhí sí ag súil go mór le Fionn a fheiceáil arís. Bhí a hathair, an gabha, as baile agus bhí áthas ar Áine go raibh sé imithe. Ní bheadh éinne ag rá léi a bheith ar ais in am don dinnéar.

Ach ní raibh Maoluachra ag iarraidh go n-imeodh Áine chuig an loch. Thug sí cupán d'Áine. 'Rinne mé deoch sú úll duit,' a dúirt sí. 'Ól siar é sula n-imeoidh tú.' 'Cén fáth a bhfuil tusa chomh deas liom ar maidin?' arsa Áine. 'Cheap mé go mbeadh pus ort agus mise ag imeacht ag snámh le Fionn.' 'Bhuel, níl,' arsa Maoluachra. 'Ól siar anois é nó ólfaidh mé féin é.' Thóg Áine

an sú úll. D'ól sí siar é. Sheas sí suas le himeacht. Ach go tobann, bhraith Áine lag. Shuigh sí síos arís. 'Úúúúú!' a dúirt sí. 'Tá sé seo an-aisteach.' Chuir sí a cloigeann síos ar an mbord agus thit sí ina codladh.

Bhí Maoluachra tar éis deoch speisialta a thabhairt d'Áine a chuir codladh mór uirthi! D'fhan sí ar feadh cúpla nóiméad le bheith cinnte go raibh Áine ina codladh go sámh. Ansin, amach an doras léi agus chuir sí glas air ina diaidh. Siar léi go dtí an loch. Bhí a croí ag bualadh ar nós druma. Ní raibh sí riamh tar éis cleas mar seo a imirt cheana. Ach bhí sí i ngrá le Fionn. Agus dá bpósfadh sé siúd a deirfiúr, Áine, bheadh a croí briste ina mhíle píosa.

Nuair a tháinig sí chomh fada leis an loch, shuigh Maoluachra síos ar charraig. Chuir sí a lámh síos ina póca. Bhain sí fáinne óir amach as a póca. Chaith sí an fáinne isteach sa loch.

Ansin, shuigh sí síos chun fanacht le Fionn. Bhí a croí fós ag bualadh ar nós druma.

Tar éis tamaill, tháinig Fionn chomh
fada le teach an ghabha. Bhí an doras
faoi ghlas. Lig Fionn béic as. 'A Áine!' a
bhéic sé. 'Mise atá ann. Fionn!'

Ní raibh aon fhreagra ón teach. 'Seo
scéal aisteach,' arsa Fionn leis féin.

Shiúil sé thart ar an teach ach bhí an
áit ar fad faoi ghlas. 'B'fhéidir gur thiar
ag an loch atá Áine, ag fanacht liom,' a
dúirt sé leis féin. 'Rachaidh mé siar ann
go bhfeicfidh mé.'

Suas ar an gcapall arís le Fionn agus
siar leis chuig an loch. Ach nuair a

tháinig sé chomh fada leis an loch, ní
Áine a bhí roimhe, ach Maoluachra!

Nuair a tháinig sé chomh fada léi,
chonaic Fionn go raibh Maoluachra ag
caoineadh.

'Céard atá ort, a Mhaoluachra?' arsa
Fionn go deas, séimh.

'An fáinne!' arsa Maoluachra agus
í ag caoineadh. 'Thit m'fháinne
speisialta isteach sa loch!'

'Ó, a chréatúir!' arsa Fionn.

'Fáinne an-speisialta a bhí ann,' arsa Maoluachra. 'Ach anois tá sé imithe go deo!'

'Ná bí buartha, a stór,' arsa Fionn. 'Gheobhaidh mise an fáinne duit!'

Leis sin, léim Fionn isteach sa loch.

'A stór!' arsa Maoluachra léi féin. 'Thug Fionn mac Cumhaill "a stór"ormsa!' Rinne sí gáire sásta. 'Bhí a fhios agam gur mhaith leis mé!'

Síos le Fionn san uisce, síos, síos. Bhí sé an-dorcha thíos ann. Ní fhaca sé dada ar feadh píosa ach clocha, plandaí fada glasa agus cúpla iasc.

Ansin, chonaic sé rud éigin ag glioscarnach ag bun an locha. Síos leis, síos, síos. Céard a bhí ann ach an fáinne óir! Rug Fionn ar an bhfáinne agus aníos leis arís.

Ach díreach agus é ag teacht aníos,
bhraith Fionn lag. Chonaic sé a lámha
os a chomhair san uisce. Bhí athrú ag
teacht orthu. Bhí siad ag éirí tanaí agus
lag.

Bhí Maoluachra ag fanacht le Fionn.
Chonaic sí fear ag teacht amach as
an uisce. Bhí gruaig liath air! 'Go
hiontach!' a deir Maoluachra léi féin.

'D'oibrigh an draíocht!'

Ach nuair a bhreathnaigh sí arís, baineadh geit uafásach aisti. Bhí gruaig liath ar Fhionn, cinnte, ach bhí aois air chomh maith! Seanfhear, tanaí lag a bhí ann. Ar éigean a bhí sé in ann é féin a tharraingt amach as an uisce. 'Ó ná habair!' a deir Maoluachra léi féin. 'Céard atá déanta anois agam?' Rith sí léi abhaile. Bhí a croí ina béal!

4
Cá bhfuil Fionn?

Bhí Caoilte mac Rónáin ag éirí buartha.
Bhí sé ag fanacht le Fionn. Thuas
ar bhallaí arda an dúin a bhí sé, ag
breathnú amach ar an tír. Ach ní raibh
aon rian d'Fhionn le feiceáil. 'Dúirt sé
go mbeadh sé ar ais in am don fhéasta,'
arsa Caoilte leis féin. Díreach ansin,
chonaic Caoilte grúpa saighdiúirí ag
teacht ar chapaill. Cé a bhí ann ach
Ard-Rí Éireann!

'Ó ná habair!' arsa Caoilte. 'Seo
chugainn an tArd-Rí. Agus níl Fionn
anseo le fáilte a chur roimhe! Ní bheidh
sé róshásta leis sin! Cá bhfuil Fionn?'

Bhí Fionn bocht fós ina luí in aice
leis an loch. 'Seo scéal an-aisteach,'
ar seisean leis féin. 'An-aisteach go
deo.' Ansin, chuimhnigh sé ar a ordóg
dhraíochta, an ordóg a dódh ar an
mbradán feasa. 'Má chuirim m'ordóg
dhraíochta isteach i mo bhéal,' ar
seisean leis féin, 'beidh a fhios agam
céard atá ar siúl anseo.'

D'ardaigh Fionn a lámh leis an ordóg a chur ina bhéal. Ach bhí sé chomh lag sin, go raibh sé fíordheacair air a ordóg a fháil chomh fada lena bhéal. Bhí a lámh ag crith. Bhraith Fionn an-tuirseach go deo. Lean sé ar aghaidh ag brú a láimhe. Sa deireadh d'éirigh leis an ordóg a chur isteach ina bhéal.

Dhún Fionn a shúile. Bhí solas álainn órga ag lasadh istigh ina cheann. Thart air, chuala sé glór bog ag cogarnaíl.

'Fios. Fios. Fios.' a dúirt an glór. Ansin, chonaic Fionn gach rud. Chonaic sé Áine agus Maoluachra.

Chonaic sé Maoluachra agus an draoi. Chonaic sé an draoi ag cur draíochta ar an loch, draíocht an-láidir go deo. Chonaic sé Maoluachra ag tabhairt deoch sú úll d'Áine, deoch a chuir codladh uirthi. Chonaic sé Maoluachra ag caitheamh fáinne óir isteach sa loch.

D'oscail Fionn a shúile. 'B'in a tharla!' a dúirt sé leis féin. 'Sin é an fáth a bhfuil mé i mo sheanfhear. Ach céard a dhéanfaidh mé anois?' Luigh Fionn siar ar an talamh. Níor thaitin an scéal seo leis ar chor ar bith.

5
'Siar linn go dtí an loch!'

Thart ar an am céanna, dhúisigh Áine.
Bhí Maoluachra ag réiteach an dinnéir.
'Tá tú dúisithe!' arsa Maoluachra léi, go
neirbhíseach. 'Bhí an-tuirse ort, nach
raibh?' 'Bhí,' arsa Áine. 'Níl a fhios
agam cén fáth.'

'Ar aon nós,' arsa Maoluachra 'tá sé
ródheireanach le dul ag snámh anois.
Suigh síos ansin arís agus bíodh greim
dinnéir agat.'

'Ná bac le dinnéar!' a deir Áine. 'Tá
mise ag imeacht siar chuig an loch!
Beidh Fionn ag fanacht liom!'

'Ach beidh Fionn imithe abhaile faoin

tráth seo,' arsa Maoluachra. 'Tá tú i do chodladh ansin ó mhaidin!'

BEIDH FIONN IMITHE ABHAILE FAOIN TRÁTH SEO.

'Agus cén fáth nár dhúisigh tusa mé ar aon nós?' arsa Áine go crosta.

'Ní raibh mé in ann thú a dhúiseacht,' arsa Maoluachra. 'Anois, suigh síos agus bíodh dinnéar agat. Seo leat!'

'Ó dún do chlab, tú féin is do dhinnéar! Níl mé ag iarraidh suí anseo ag ithe dinnéir le hóinseach ar nós tusa!' arsa Áine. 'Táim ag dul siar go dtí an loch le Fionn a fheiceáil, agus sin a bhfuil faoi!'

Amach an doras le hÁine. Shuigh Maoluachra síos. 'Anois céard a dhéanfaidh mé?' ar sise léi féin.

* * *

Bhí Árd-Rí Éireann an-chrosta. Bhí sé ag fanacht le huair an chloig agus fós ní raibh aon rian d'Fhionn le feiceáil. 'Ba chóir go mbeadh Fionn anseo le fáilte a chur romham,' a dúirt sé. 'Nílim sásta leis an scéal seo ar chor ar bith.'

'Tá brón orm, a Ard-Rí,' arsa Caoilte mac Rónáin. 'Caithfidh gur tharla rud

éigin dó. Sílim gur chóir dúinn imeacht
á chuardach.'

'Bhuel, tá a fhios agam cá bhfuilimse
ag imeacht,' arsa an tArd-Rí. 'Abhaile
atáim ag imeacht – anois díreach!'
D'éirigh sé ina sheasamh agus amach
an doras leis. Bhí Caoilte trína chéile.
'Seo linn,' ar seisean leis na Fianna. 'Tá
rud éigin tar éis tarlú d'Fhionn. Táim
cinnte de. Siar linn go dtí an loch sin in
aice le teach an ghabha. Anois díreach!'

Rith Áine an bealach ar fad go dtí an loch. 'Beidh Fionn ag fanacht liom,' a dúirt sí léi féin. 'Tá a fhios agam go mbeidh!' Ach, nuair a tháinig sí chomh fada leis an loch, ní raibh an fear láidir, dathúil leis an ngruaig fhada, fhionn le feiceáil in áit ar bith. Shiúil sí timpeall an locha, ach ní raibh Fionn ann. Ansin, chonaic sí seanfhear agus é ag iarraidh éirí. Bhí gruaig fhada liath air.

Suas le hÁine chuige. 'A sheanduine,' a dúirt sí, 'an bhfaca tú fear ard, dathúil thart anseo inniu?'

'Is mise... is mise... is mise...,' arsa an seanduine. Ní raibh sé in ann labhairt i gceart, bhí sé chomh lag sin.

'Is cuma liom cé tusa!' arsa Áine leis go crosta. 'Ag iarraidh teacht ar Fhionn mac Cumhaill atá mé!'

'Ach... is mise... is mise... is mise...'

'IS CUMA LIOM CÉ TUSA!' a bhéic Áine arís. 'Éist liom, a sheanamadáin! An bhfaca tú Fionn mac Cumhaill, Taoiseach na Féinne, thart anseo inniu?'

'Is mise... Fionn... mac... Cumhaill,' arsa an seanduine.

'Tusa? Seanduine lag liath? Tusa? Fionn mac Cumhaill? Ag cur mo chuid ama amú atá mé, ag caint le seanamadán mar thú!'

Chas Áine thart agus d'imigh sí suas an cnoc. Luigh Fionn siar ar an talamh. Bhí ionadh an domhain air go raibh Áine chomh drochbhéasach. 'Cheap mé go raibh sí sin go deas!' arsa Fionn leis féin. 'Ní maith liom í ar chor ar bith anois!'

6
'Is mise Fionn mac Cumhaill'

Bhí an ghrian ag dul faoi nuair a
tháinig na Fianna chomh fada leis an
loch. Timpeall an locha leo, an bealach
go léir. Ach ní raibh Fionn ná Áine
le feiceáil in aon áit. Faoi dheireadh
tháinig na saighdiúirí chuig an áit a
raibh seanfhear le gruaig liath ina
luí ar an talamh. 'B'fhéidir go bhfaca
seisean Fionn anseo inniu,' arsa Caoilte
leis féin.

Stop na Fianna. Léim Caoilte anuas
dá chapall. 'Gabh mo leithscéal, a
sheanduine,' arsa Caoilte go béasach.

'An bhfaca tú fear ard dathúil le gruaig
fhada fhionn thart anseo inniu?'

'A...a...Ch...' arsa an seanfhear.

'Is ea, a dhuine uasail,' arsa Caoilte
go deas, séimh. 'Abair leat.'

44

'A..a.. Chaoil..te' arsa an seanfhear.
'Is...is...is...mise...Fionn!'

Bhí ionadh ar Chaoilte. 'Ó ná habair!'
a dúirt sé. 'Tá Fionn ina sheanfhear!'

Shuigh Caoilte síos in aice le Fionn.
Thug sé deoch uisce dó agus d'éist go
cúramach leis.

D'inis Fionn dó faoi na cailíní, faoin
draoi, faoin loch agus faoin bhfáinne óir.

'An rud is fearr le déanamh ná tusa a thabhairt go dtí teach an ghabha, nach ea, a Fhinn?' arsa Caoilte.

'Is ea,' arsa Fionn. Luigh sé siar ar an talamh arís. Bhí sé maraithe tuirseach.

* * *

Nuair a tháinig Áine ar ais go dtí an teach, bhí sí an-chrosta. 'Bhí Fionn imithe!' ar sise le Maoluachra.

'Nach mór an trua é sin!' arsa

BHÍ FIONN IMITHE!

Maoluachra. agus gáire neirbhíseach ar a béal.

'Ní raibh ann ach seanfhear lag. Seanamadán gránna agus gruaig fhada liath air.'

'Ó!' arsa Maoluachra, ag iarraidh gan dada a ligean uirthi. 'Seanfhear, a deir tú?'

'Is ea,' arsa Áine. 'Seanfhear leisciúil le gruaig fhada liath. Ina luí ar an talamh a bhí sé! Chuir sé fearg an domhain orm!'

'Cén fáth ar chuir sé fearg ort?'

'Dá gcloisfeá an seanamadán,' arsa Áine. ' "Is mise Fionn mac Cumhaill!" ' a deir sé. ' "Is mise Fionn mac Cumhaill!" ' Bhí fonn orm cic sa tóin a thabhairt dó!'

'An-aisteach' arsa Maoluachra. 'An-aisteach go deo!'

Díreach ansin, chuala na cailíní duine

éigin ag cnagadh ar an doras. 'Osclaigí
an doras!' arsa glór taobh amuigh.
'Osclaigí an doras, anois díreach!'

Amach leis na cailíní agus d'oscail
siad an doras. Cé a bhí ann ach Caoilte
mac Rónáin agus na Fianna. Agus ina
luí ar leaba speisialta a bhí déanta ag

na Fianna dó bhí seanfhear agus gruaig fhada liath air!

'A chailíní,' arsa Caoilte mac Rónáin, 'táimid an-chrosta libh. Breathnaígí ar Fhionn mac Cumhaill bocht!'

'Fionn mac Cumhaill?' arsa Áine. 'Ach sin seanfhear gránna! Ní hé sin Fionn. Tá Fionn go hálainn!'

'Fionn atá ann,' arsa Caoilte. 'Nach ea, a Mhaoluachra?'

Tháinig dath dearg ar éadan Mhaoluachra. Bhí náire an domhain uirthi.

49

'Nach ea, a Mhaoluachra?' arsa
Caoilte arís.

'Is ea,' arsa Maoluachra agus í
beagnach ag caoineadh. 'Ach ní
raibh mé ag iarraidh seanfhear lag a
dhéanamh de! Dáiríre, ní raibh!'

'Ach bhí tú ag iarraidh dath liath a
chur ar a chuid gruaige, nach raibh?' a
deir Caoilte.

Is ansin a thuig Áine an scéal. Bhí
fearg an domhain uirthi.

'Dath liath ar ghruaig Fhinn?' a bhéic
sí. 'Mar go bhfuilimse faoi gheasa gan
fear a bhfuil gruaig liath air a phósadh?
Maróidh mé thú, a óinseach lofa!'

Léim Áine ar Mhaoluachra. Tharraing
sí a cuid gruaige agus í ag béiceach is
ag béiceach.

'St... st... stopaigí!' arsa Fionn. Rug Caoilte greim ar Áine agus tharraing anuas dá deirfiúr í. Bhí Áine fós ag caoineadh agus ag béiceach.

'Caithfidh tusa fios a chur ar an draoi sin a chuir draíocht ar an loch,' arsa Caoilte le Maoluachra. 'Caithfidh an draoi sin Fionn a leigheas. Imigh leat anois agus faigh é. Anois díreach!'

7
Gruaig Fhinn

Bhí an ghrian ag éirí an mhaidin dár
gcionn nuair a tháinig Maoluachra ar
ais leis an draoi. Bhí an draoi an-trína
chéile nuair a chonaic sé Fionn. 'Ó ná
habair!' a dúirt sé. 'Bhí an draíocht i
bhfad róláidir!'

Bhí deoch leighis réitithe aige agus
thug sé d'Fhionn í. D'ól Fionn siar
an deoch. Díreach ansin, thosaigh a
chraiceann agus a chorp ag athrú. Bhí
sé ina fhear óg láidir arís.

Ach bhí dath liath fós ar a chuid
gruaige. 'Ól an chuid eile den deoch, a
Fhinn,' arsa an draoi, 'agus beidh dath

fionn ar do chuid gruaige arís.'

'Ní ólfaidh,' arsa Fionn agus é ag
breathnú ar Áine go crosta. 'Fágfaidh
mé mo chuid gruaige anois agus
dath liath uirthi. Níl mé ag iarraidh
dearmad a dhéanamh ar an lá seo.
Agus níl mé ag iarraidh go ndéanfaidh
tusa dearmad ach oiread air, a Áine.

Bhí tú an-ghránna liom nuair a cheap
tú gur seanfhear a bhí ionam. Is cailín
an-dathúil tú, cinnte, ach ní duine
ródheas tú.'

Bhí náire ar Áine. Ansin labhair
Fionn le Maoluachra. 'D'imir tusa cleas
gránna orm,' ar seisean. 'B'fhéidir nach
bhfuil tú chomh dathúil le hÁine, ach
ba chuma liom faoi sin. Cheap mé gur
duine deas a bhí ionat, a Mhaoluachra.

54

Chuir tú díomá mór orm.' Bhí náire ar
Mhaoluachra chomh maith.

Díreach ansin, cé a tháinig thar
an gcnoc ach athair Áine agus
Mhaoluachra, an gabha. Bhí ionadh
air Fionn agus na Fianna a fheiceáil ar
ais ag an dún arís. 'Tá fáilte romhaibh
ar ais chuig mo theach!' ar seisean.
Bhreathnaigh sé ar Fhionn.

Bhí athrú éigin tar éis teacht ar Fhionn

ón uair dheireanach a bhí sé ar cuairt acu.

'A Fhinn,' arsa an gabha 'Céard a tharla do do chuid gruaige?'

Bhreathnaigh Fionn ar na cailíní. 'Míneoidh Maoluachra agus Áine an scéal sin duit,' ar seisean. 'Nach míneoidh, a chailíní?'

'Ó ná habair!' arsa Áine agus Maoluachra os íseal. 'Maróidh daidí sinn!'

Agus ón lá sin amach, bhí gruaig liath ar Fhionn mac Cumhaill.